Lisätietoja kirjoittajasta ja kustantajasta:
Pekka Productions **lahenlehti.net**

Sauli Hirvonen

PUUJALAT.

VITSIT KAIKESSA YKSINKERTAISUUDESSAAN.

Kustantaja: Pekka Productions, Lahti, Suomi
Valmistaja: BoD – Books on Demand, Norderstedt, Saksa

ISBN: 978-952-68797-4-1

ALKUSANAT

Onko puujalkavitsi vain halpa, "oikean" kerrotun vitsin yksinkertainen ja ontuva pikkuveli? Tiede-lehden Kysy-palstalla tiedusteltiin mikä on puujalkavitsi ja näin toimitus vastaa: "Puujalkavitsistä on tullut epäonnistuneen, ontuvan vitsin nimitys 1900-luvun alkupuolella. Silloin erityisesti sotilaskielessä käytettiin puujalka-sanaa, kun tarkoitettiin jollakin tavoin huonompaa." Hikipedia-parodiasivulla asia on määritelty seuraavasti: "Puujalkavitsi on vitsi, joka on tuomittu epäonnistumaan. Puujalkavitsit saavat aikaan kertojan älykkyysosamäärän laskemisen lisäksi paljon tekonaurua sekä jalan taputtamista kädellään." Tuttuun Hikipedia-tyyliin määritelmä on kärjistys, mutta kuvaus on hyvin osuva.

Onko kirja nimensä mukaisesti puujalkavitsi-kirja? Ainakin Puujalat.-kirjaan on puristettu yksinkertaisen huumorin ydin. Vitsit ovat lyhyitä, ja ne rakentuvat pääasiassa yhdestä tai kahdesta virkkeestä, riisuttuna kaikesta ylimääräisestä. Silti kirjan vitsit ovat parhaimmillaan monimerkityksellisiä ja -tulkintaisia, ehkä kaksimielisiä. Joskus looginen, toisinaan ontuva.

Vitsin kertominen on joka tapauksessa taitolaji. Hauskan loppuhuipennuksen lisäksi kertominen vaatii selkeyttä ja oikeanlaista rytmitystä. Jos vitsin kertominen ei tunnu luontaiselta, vaarana on että pitkää vitsiä kerrottaessa huomio kiinnittyy liikaa itse kertojaan. Tästä voi aiheutua lisätakeltelua sosiaalisen paineen alla. Näistä edellä mainituista syistä suosin lyhyin virkkein esitettyä komiikkaa. Otollisimpia ovat tilanteet, joissa juttu tulee ns. "puun takaa", kaiken tapahtuen luonnostaan ilman pakottamista. Tietenkin hyvä tilannetaju on säilytettävä. Tätä kautta olen omaksunut minimalistisen puujalkavitsikulttuurin. Luulen, että tällainen on osittain synnynnäinen ja myöhemmin opettelemalla vahvistettu ominaisuus. Huonosta puujalasta saa pahimmassa tapauksessa vain mulkoilua osakseen. Ja usein huonous on niin hyvää, että se naurattaa. Pitkän vitsin mahdollisesti ankea huipennus aiheuttanee harmitusta sen kuuntelijoille tuhlatusta ajasta. En kuitenkaan halua sen laajemmin analysoida puujalkavitsi-käsitettä tai laajentaa sen merkitystä. Toki aihe antaisi aineksia pohtia yleisesti vitsin käsitettä ja sen muotoja. Jätän aiheen sen taitaville.

Puujalkavitsiharrastukseni alkoi minun ja muutaman ystäväni välisenä tekstiviestirinkinä joskus 2000-luvun alkupuolella. Noiden aikojen puujalkoja en tullut tallentaneeksi minnekään. Saattaa toki olla mahdollista, että jokunen niistä on kulkeutunut alitajunnassani näihin päiviin ja tähän kirjaan. Nykyään pyrin kirjoittamaan vitsin tai aihion heti muistiin. Kun kymmenen vuotta sitten rekisteröidyin Facebookin, avasi se uusia mahdollisuuksia puujalkaharrastuksen parissa. Statuspäivitykseni ovatkin koostuneet pääasiassa puujalkavitseistä, ja vitsejä kertyi vuosien mittaan niin paljon, että aloin kypsytellä ajatusta puujalkakirjasta. Kesti kuitenkin useita vuosia, ennen kuin sain koostettua kirjan sen lopulliseen muotoonsa. Viimeiset vitsit lisäsin vielä hetkeä ennen kirjan painattamista.

Puujalat.-kirjan vitsit sisältävät myös puhekielen ilmauksia osoituksena siitä, että ne ovat osa elävää elämää ja yleisesti käytössä. Liiallinen paikallisuus, murteet tai muunlainen sisäpiirisyys tällaisessa yhteydessä voi rajata kuitenkin vitsin tehoa liiaksi. Hyvästä yleistiedosta lienee apua sekä puujalkojen luomisessa että niiden ymmärtämisessä, ja sen avulla vitseihin voidaan saada ajankohtaisuutta ja syvyyttä. Hyvä puujalka kestää aikaa.

Joskus puujalka on humoristinen ajatelma, jonka näennäisen pinnallisen olemuksen alla piilee syvällinen ajatus. Joitakin voi kutsua näin ollen jopa aforismeiksi. Silti sanojen kanssa leikittely on vain kielen rikkauden ilmentämistä ilman arvolatautunutta sisältöä. On vain annettava tilaa hersyvälle huumorille, sanojen ilomieliselle telmimiselle.

Vitsini saavat useimmiten alkunsa yhdestä sanasta tai sanaparista, joissa havaitsen potentiaalin. Sanat saattavat hypätä esille vaikkapa lehtiartikkelista, kirjasta tai radio-ohjelmasta. Toisinaan vitsi syntyy hiljalleen rakennellen, vaikkakaan aina tällainen laskelmoitu kehittely ei tuota haluttua lopputulosta. Välillä on hyvä jättää idea hautumaan. Kaikki tässä kirjassa esiintyvät vitsit ovat itse keksimiäni. On ilmiselvää, että joukkoon mahtuu niitäkin, joita on luultavammin kerrottu aiemmin jossain muualla jonkun muun toimesta. Mielestäni se todistaa ainoastaan sen, että jos vitsi on keksittävissä, joku keksii sen. Jos siis joku lukijoista löytää tästä teoksesta "itse keksimänsä" puujalan, hän voi onnitella itseään siitä, että se on päässyt kirjaan kaikkien iloksi.

Internetissä on ilmeisesti useita suomenkielisille puujalkavitseille omistettuja sivuja, keskustelupalstoja ja -ryhmiä. Sen sijaan puujalkavitseistä ei ole tietääkseni aiemmin julkaistu kirjoja yhtä poikkeusta lukuunottamatta. Keijo Karjalaisen vuonna 2008 julkaisema puujalkoja sisältävä kirja "Puujalalla koreasti. Ontuvien vitsien käsikirja" lienee ainoita aiheesta kirjoitettuja kirjoja. Karjalaisen kirja on enemmän tietokirja kuin vitsikirja. Toki lapsille (ja lapsenmielisille) suunnattuja kirjoja on julkaistu runsaasti.

Kirjan sisällön suhteen olen luottanut määrään kirjan sisältäessä yli 550 vitsiä. Pöytälaatikkooni jäi lisäksi vielä useita kymmeniä puujalkoja odottamaan mahdollista toista osaa. Vaikka Puujalat.-kirja sisältääkin paljon sekä erinomaisia että vähemmän erinomaisia vitsejä, en halua lähteä itse arvioimaan sen enempää omien vitsieni laatua. Sen tehköön lukija. "Ei kaikki vitsit voi olla hyviä", totesi Groucho Marx eräässä elokuvassaan ilmeisen spontaanin puujalkavitsin jälkeen. Tähän toteamukseen voi aina turvautua vitsejä kerrottaessa.

Kaikesta yksinkertaisuudesta huolimatta - tai siitä johtuen - toivotan kirjan lukijalle kieltä rikastuttavaa ja mieltä ilahduttavaa lukukokemusta. Puujalat.-kirja on yksinkertainen: se joko naurattaa tai ei naurata.

Kiitos kaikille, jotka ovat olleet mukana puujalkaharrastukseni parissa tavalla tai toisella näinä vuosina. Erityiskiitos Katjalle avusta esipuheen kanssa.

Sauli Hirvonen
Lahdessa 10.10.2018

PUUJALAT.

1. Todistajaa pyydettiin kertomaan tapahtuneesta omin sanoin - kukaan ei ymmärtänyt mitään

2. Elektroniikkaliikkeen myyjä oli tv:stä tuttu

3. Geometrian opiskelija nyhjäsi opiskeluajan samoissa ympyröissä

4. Jännittävän ommelkilpailun voittaja ratkesi

5. Numismaatikko menestyi eurovaaleissa

6. Autokorjaamolle oli vain peruutusaikoja

7. Clarkin ystävä soitti tutuilleen, josko he haluaisivat lähteä pelaamaan Peli-Kentille

8. Elinkauppias vannoin syyttömyyttään käsi sydämellä

9. Mutterikauppias sai yhteistyökumppaneiltaan
useita kiristyskirjeitä

10. MM-kilpailuissa hallitseva mestari juoksi
aikaa vastaan - kello löi kolme

11. Elektroniikkakauppiaan elokuvateatterimainos-
kampanja koostui mikrofilmeistä

12. Kehonrakentajat kokeilivat soutulaitetta
Gymijoella

13. Kleptomaani tulkki etsi kirjamessuilla sopivia
kohteita - ei jättänyt Kiveäkään kääntämättä

14. Perinteisissä kesähäissä läträttiin -
isä talutti tyttärensä alttarille

15. Autokauppias myi edullisesti osamaksulla -
"Se oli viiden sentin Corolla"

16. Lakanoissa viihtyvä tatuoitsija tykkäsi tehdä peittokuvia

17. Makeistehtaan uutuuspatukka "Porilaiste marssi" oli menestys

18. Oluttehtailija investoi Vietnamiin - hanoihin

19. Hollywoodissa matematiikan opiskelu ei oikein luonnistunut, etenkään kun opettajana oli Math Demon

20. Kaupan henkilökunnalle ylennyksestä seuraa alennus

21. Elinkauppiaat piilottelivat maksalaatikkoa

22. Metsästys- ja veneilyseuran fuusiota juhlittiin - kettu jahdissa

23. Vanhanajan käsityöläinen haki vimmatusti inspiraatiota - sai puukosta

24. Maksa roiskutti sappea ympäriinsä -
huonot elintavat

25. Kun Espanjassa asiat edistyvät, sanotaan -
"Toimii kuin Juan vessa"

26. Intiaanien skalpeerauskurssin suorittaneet
saivat valkolakin

27. Poliittinen viesti kuuroille korville -
äänestämällä voit vaikuttaa

28. Kääpiöiden taitoluistelussa taisteltiin
mitalista lyhytohjelmassa

29. Teräsmies eksyi - turvautui viittaan

30. Suomalais-amerikkalaisin päivä
veronmaksajille - Taxgiving

31. Salarakkaat salaliitossa

32. Kummitustalon ostaja hankki
    henkivakuutuksen

33. Valehtelevaa kampaajaa ei uskottu -
    puhui parturia

34. Huono puujalka vei pohjan pois

35. Ilmavaivojen SM-kisoissa tuuletettiin kilpailun
    jälkeen

36. Nurkkapatriootteja syrjittiin Lapissa -
    Kemistit joutuivat kokoontumaan Rovaniemellä

37. Maa- ja metsätalousministeriössä oli tarjolla
    keppiä ja porkkanaa

38. Järkyttynyt optikko tuijotti linssikeittoa
    lasittunein katsein

39. Suomalais-korealaisessa yhteisössä uskottiin,
    että Sirpa Leet tuovat onnea

40. Hihamerkki - paikkaa takkia,
    muttei korvaa sitä

41. Oligarkit - Venäjän namusedät

42. Perunanviljelijä saapui varhaiskasvattajien
    tilaisuuteen mukuloidensa kanssa

43. Nöyryyttävä laihdustukilpailu Heikoin penkki

44. Karatekurssilla murskattiin - hajoitus tekee
    mestarin

45. Oopperan Kummituksen orkesterin harjoitukset
    epäonnistuivat - syy: henki torvessa

46. Vegaanit raivoissaan - paitamarkkinoille
    hevospoolo

47. Keski-Euroopassa perheille järjestettiin
    appihiihtokilpailut

48. Laukkutehtaan pääsykokeissa reputettiin

49. Kasvien tietokilpailujulkaisu - Kuka kukin on?

50. Tarinoivaa maanviljelijää kutsuttiin sato-sedäksi

51. Seuratulla laulaja-Kettusella oli edunvalvojia

52. Ajattomia ohjelmanumeroita esittänyt sirkuslainen ei pitänyt trendipelleistä

53. Hollywoodin mallinäyttelijä Shirley Template

54. Matemaatikko osti lehdistä irtonumerot

55. Teeyhteisön erilainen jäsen poikkesi kahvilla

56. Gospelbändin levyjulkaisutapahtuma - levymessut

57. Toimettomana olleen proteesikätisen kädentaidot ruostuivat

58. Vankileirillä paiskittiin töitä kakkulapioilla

59. Periytyvä ominaisuus - yksinhuoltajamuusikko teki sinkun

60. Innokas auringonottaja etsi rajojaan

61. Michael Jackson hämmästytti kahvilassa - joi kahvinsa mustana

62. Konemusiikkibileissä tanssittiin megabittien tahdissa

63. Kokoomus-kaupassa asiakas on aina oikealla

64. Rattijuoppojen aikakausilehti Viinilasi

65. Pahoinvoivalla mediakentällä kuohui -
pääjohtaja antoi ylen

66. Hevifestareiden roudaus aiheutti
raskasta liikennettä

67. Kasvoi pituutta vielä vanhuksena -
iloitsi jälkikasvustaan

68. Luomukalastajalla oli voimakkaita kalakantoja

69. Kokki käytti perinteisiä välineitä -
patavanhoillinen

70. Kodittomalle ja työttömälle yövartijalle oli
tarjolla vain yöpaikkoja

71. Feministinen aikakauslehti - En Anna

72. Rosvon viljasaalis levisi pellolle, joten häntä
syytettiin myös ryöstöviljelystä

73.   Palopaikalla palomiehet puhalsivat
yhteen hiileen

74.   Kokkauskilpailun hävinnyt nieli tappionsa

75.   Luovuttanut nudisti heitti pyyhkeen kehään

76.   Neuroottinen lasinleikkaaja katkaisuhoitoon

77.   Valokuvaaja-pyromaani tykkäsi lyhyistä
polttoväleistä

78.   Elinkauppaa valvoi kirjaimellisesti kielipoliisi

79.   Kokki oli patalaiska

80.   Lannoittajat julkaisevat aikakusilehteä

81.   Omavarainen kannibaali harjoitti nieluviljelyä

82. Suvaitsevainen jääkiekkovalmentaja valitsi pelaajia laidasta laitaan

83. Humalainen strippari on tankojuoppo

84. Järjestö suositteli masentuneille työttömille ILO-kaasua

85. Biologian opiskelijoille solukämppiä

86. Avaruustutkijoiden jäsenlehteen etsittiin tyhjäntoimittajaa

87. Eri ammattiliittojen suosimaan vaateliikkeeseen palkattiin valtakunnansovittelija

88. Matemaatikkojen välinen sota päättyi aseiden laskuun

89. Valokuvaaja joutui anarkistien hyökkäyksen kohteeksi - kuvasi järjestelmäkameralla

90. Itkien ja valittaen äänestämään - emokratia

91. Etikettivirhe - teepaita päiväkahveilla

92. Elinkauppias myi napapaitoja

93. Poliittista myymälävarasta vaadittiin takinkääntöön

94. Virtahepojen tutkijat opiskelevat hippokampuksella

95. Kanafarmarin jalkapalloa harrastavat nuorimmat lapset pelaavat munasarjoissa

96. Vessatarkastuksesta puhtaat paperit

97. Kadulla selällään maannutta loukkaantunutta pyydettiin kääntymään lääkärin puoleen

98. Aloitteleva manikyristi turvautui käsikirjaan

99. Laiska Nasu ei tykännyt puhista

100. Kierolla proteesiyhdistyksen puheenjohtajalla oli jalkavaimoja

101. Mies toi ulkomaanmatkalta "tuliaisia" - ei ollut karvoihin katsomista

102. Lammasfarmarin virheet painettiin villaisella

103. Firman johtajan työsopimusta jatkettiin, kuului jatkojohtoon

104. Vatsataudista selvinnyt paljasti muistolaatan seinältään

105. Tyynykauppias puhui pehmeitä

106. Rakennukseen saa ekosähköä kätevästi
tuulikaapista

107. Huumediilerit myivät alaikäisille sakkolappuja

108. Aapisten tekijät vaihtoivat kadulla
muutaman sanan

109. Taloustieteen Nobel-palkinto A.L.Virtaselle

110. Puutarhassa riehuneille jaettiin porttikieloja

111. Istumalakkolaisista levitettiin perättömiä
väitteitä

112. Siitosorien yleisurheilukilpailuissa useita
yliastumisia

113. Mestaritaikuri katsoi oppilaansa virheitä
läpi sormien

114. Riitaisassa viittomakielikoulussa
nyrkit puhuivat

115. Vankilassa nähtiin usein jalkapalloja

116. Innokas neurofilosofitaiteilija maalasi tajun
kankaalle

117. Englantilainen Potilas -elokuvassa useita
sairauskohtauksia

118. Kauniin magneetin omistaja ilmoittautui
magneettikuvauksiin

119. Sukeltaja nauroi vedet silmissä

120. Poliisia paennut fakiiri saatiin kiinni
piikkimatolla

121. Astronautti tankkasi aina kuun
puolessa välissä

122. Teatterissa oli suutarin kantaesitys

123. Lamppukauppias näki vaimonsa uudessa valossa

124. Juopunut lentokapteeni vaihdettiin lennosta

125. Etsintäpartio ei löytänyt aarretta - korutonta kerrottavaa

126. Kirjamessut olivat 1800-luvulla suosiossa - Kiviäkin kiinnosti

127. Kusipäiden hätäkokouksessa vaadittiin päitä vadille

128. Solubiologien konferenssissa mielipiteet jakaantuivat

129. Lipastomyyjällä oli yllään hienot vetimet

130. Pilvenpiirtäjässä suosittiin kerrospukeutumista

131. Masokistinen puunhalaaja saa voimia haavoistaan

132. Seksikäs terroristi pidätettiin lentokoneessa - joku tunnisti povipommin

133. Saluunan omistajan virhe oli kirjoittaa oveen "Vedä"

134. Kaljuuntuminen on hiuskarvan varassa

135. Taitava jalkapalloilija oppi kantapään kautta

136. Hidasälyiset orjat vajaakäytöllä

137. Seksuaalivähemmistöjen palkintogaala Tranny-awards

138. Merivartiostolainen tunnistettiin vesipassista

139. Beduiini lähti aamulla dyyniin

140. Energiasäästölamppujen myynnille näytettiin vihreää valoa

141. Keilailuporukka lähti kaatopaikalla

142. Diileri myi omaan piikkiinsä

143. Poliisit hiillostivat pyromaania

144. Miestenlääkäri teki urotekoja

145. Puhelinkeskuksen henkilökunta oli samoilla linjoilla

146. Intiaanit vastasivat tuleen

147. Seurakunnan urheilukilpailuiden tulokset
olivat kirkossa kuulutettu

148. Törttöilevä humalainen selvisi säikähdyksellä

149. Rakastunut mies näki vaimossaan vain
mielipuolen

150. Elektroniikka-alan viihdetilaisuudessa oli
useampi juottaja

151. Matemaatikko laski hädissään housuunsa

152. Asemessuilla vaihdettiin laukauksia

153. Hansikasvaras jäi kiinni heti kättelyssä

154. Vanhassa talossa tunnetaan vetoa

155. Keisari aiheutti vaatekaupassa hämmennystä - asiakas ei ollutkaan kuningas

156. Rokkitähti soitti ravintolassa kuuden jälkeen, ei ensimmäisenä

157. Viininvalmistusta ilman nesteitä - kuivakäymälät suurmenestys

158. Laihdutuskilpailun sääntöjen ansiosta kilpailijat olivat samoilla linjoilla

159. Merillä pelättiin nestehukkaa

160. Kuninkaallisten jännittävä pokeripeli miestenhuoneessa johti "royalflushiin"

161. Kovaa ylinopeutta ajanut ajoi tutkaan, sillä autotalli oli remontissa

162. Orkesterin keikkabussiin tankattiin 95-oktaavista

163. Geenimuunneltu laulava maanviljelijä teki itsensä tunnetuksi rapsikurkkuna

164. Beduiini valmisti jouluna hiekkalaatikoita

165. Silmälääkärit kokoontuivat iirispubissa

166. Biologien konferenssissa laskettelukeskuksessa keskusteltiin levistä

167. Muurari sai aina lentoliput ajoissa, kiitos varaavan takan

168. Huumeita ostaneet olivat samalla viivalla

169. Synnytyssairaalassa henkilöstösupistuksia

170. Aviomiesten vertaistukilehti ilmestyi nimellä Nakke Nalkuttaja

171. Asiakas häiriköi ikkunamyymälässä - hänelle näytettiin ovea

172. Potilasta epäiltiin luulosairaaksi - näytteli sydänfilmissä

173. Ironinen narkkari piikitteli itseään

174. Transhumanistien messuilla jaettiin käsiohjelmia

175. Golfin suosio yllätti - laittomat siirtolaiset osallistuivat US Open:iin

176. Asunnon etsiminen tuotti tulosta - Lilliputeilla oli kämppä kiikarissa

177. Poliisi ei saa koskaan kutsua ystäviensä juhliin, sillä suurella todennäköisyydellä juhlissa pidätetään henkilö, joka on poliisin vanha tuttu

178. Virolaisen salakuljetusliigan lonkerot ulottuivat Suomeen, oluet eivät

179. Ralliautoilijoiden jalkapallo-ottelussa useita ulosajoja

180. Aarteenetsinnän SM-kisoissa oli paljon etsintäkuulutuksia

181. Identiteettivarkaudet lisääntyneet Huutonetissä - huolena sinunkaupat

182. Pesukone asennettiin vinoon, sillä pyykit haluttiin pestä 40 asteessa

183. Hajamielinen räätäli tarvitsi taskulaskimen

184. Tienrakentajien pokeripelissä panoksena oli korotettu suojatie

185. Merirosvojen LSD-markkinoilla paljon silmälappuja

186. Matkailua: Tel-Aviv on kivenheiton päässä
Gazasta

187. Kirjailijan likainen tarina jouduttiin
puhtaaksikirjoittamaan

188. Tylsän konsertin aikana nukuttiin yhtä soittoa

189. Motoristivegaanin selässä luki: Nahka-Leave it

190. Motivoitunut alkoholisti pääsi vihdoin pitkälle

191. Potkut saaneille hipeille näytettiin
The Doorsia

192. Poliisi sai nimettömän puhelun -
sormetonta etsitään

193. Taitavan, mutta naimattoman asesepän epätoi-
voinen ilta ravintolassa - yritti iskeä veitsellä

194. Rikollisen ralliautoilijan kirja kertoi
vankila-ajoista

195. Sovinisti-versio Peppi Pitkätossusta -
Petri Pitkäpossu

196. Syrjitty astrologi kutsuttiin vain rapujuhliin

197. Edellisenä iltana juhlinut lääkäri joi ennen
töihin menoa itsensä sairaalakuntoon

198. Tyytymätön arkkitehti vaihtoi maisemaa

199. Lenkillä eksynyt löytyi hyväkuntoisena

200. Huononäköinen luki aina rivien välistä

201. Aleksis Kivi kehittyi kirjanpitäjässä

202. Huonosti hoidetun mäkiautofirman kalusto alasajettiin

203. Metsästäjien lavatansseissa toiminta oli pelkkää hakuammuntaa

204. Sähköopin MM-kisojen puoliaikatulos - kuparilanka johti sähköä

205. Talotehtaan tuotanto loppui seinään

206. Rakennusmessuilla innokas järjestyksen- valvoja käännytti ihmisiä ovella

207. Naisten50-tapahtuman katsomossa koettiin kuumia aaltoja

208. Kleptomaanien tapahtumassa tilaisuus teki varkaan

209. Latukoneenkuljettaja palkittiin pitkästä urasta

210. Meijerin testeissä useat maitolaadut hylattiin

211. Humalaa kuljettanut lentokone tarvitsi kunnon nousun

212. Tikapuu- ja pyörätehtailta alkaneesta kansannoususta vastasivat puolalaiset

213. Autoja polttava pyromaani käryssi ratista

214. Iso imuri oli kodinkoneliikkeen sisäänvetotuote

215. Kuussa asuvalla, koti-ikävästä kärsineellä oli mieli maassa

216. Viemärifirman kehittäminen lähti asiakkaiden tarpeista

217. Heikko sukulaismies ei pystynyt pitämään lankoja käsissä

218. Sigmundin isälle oli sattunut freudilainen lipsahdus

219. Taitolentokoneiden näytöksessä oli hieno ilmapiiri

220. Toimittaja häiritsi räätäliä, raportoi paikan päältä

221. Diktaattoreiden muotokuvamaalari maalasi ääripäitä

222. Museoautojen korjaaja oli kiinnostunut 1940-50-lukujen vaihteesta

223. Naistenmieskitaristille kostettiin - kissa vei kielen

224. Puuseppäopettaja totesi oppilaalleen: "Tänään tehdään lasta". Oppilas riisuutui

225. Riitaisan hometalon korjauksissa
auottiin päätyä

226. Fyysikko iloitsi kvarkkipäivästä

227. Yksityisetsivätoimiston erotetulle johtajalle
etsittiin seuraajaa

228. Kurittomassa sairaalassa tarvittiin
peräänkatsojaa

229. Stand up -koomikkojen saunaillassa naurettiin
varakkaan kollegan kustannuksella

230. Pettävän arkkitehdin suunnitelmissa
aina on 1:2

231. Teollisuusseuran tentin suorittaneet saivat
päästötodistuksen

232. Vaatetuskoulussa kysymykseen viitattiin
kintaalla

233. Töistään mustasukkainen muotoilija rakensi lampunvarjostimen

234. Israelissa pelätään hamaspeikkoa

235. Kiertueella olevan stand up -koomikon vitsit olivat kaukaa haettu

236. Työmaaporukan jalkapallo-ottelussa ei ollut pakeista pulaa

237. Räppärille ei tullut hätä kello kaulassa

238. Pikajuoksija käynnisti autonsa starttipistoolilla

239. Isossa ruokalassa on suuret ruokailuvälit

240. Kirkon kiellettyä ilmavaivat, tapahtui paljon synninpäästöjä

241. Vaativa hiihtäjä halusi laatua

242. Irtokirjaimet yleistyivät vaatetuksessa -
moni tykkäsi oikeasta kieliasusta

243. Asunnon kylmyydestä päästiin poistattamalla
vetolaatikot

244. Tautologinen golffari jatkoi samaa rataa

245. Kirurgi tykkäsi sisätöistä

246. Romanttinen lihanleikkaaja vei puolisolleen
lihaskimpun

247. Turhautunut saunoja heitti vihdan metsään -
sai vastakaikua

248. Lasitehtaan ympäristössä havaittiin
harvinainen ikkunapesiä

249. Laskuhumala yllätti ravintolan tiskillä

250. Kosmetologin armoton työnteko lähti käsistä

251. Vähemmistöhallitus on sateenkaarihallitus

252. Kollegat nauroivat astronautin alusasulle

253. TV:ssä alkoholismidokumentti jatkui katkon jälkeen

254. Kirjoituskurssilla ninjat tykästyivät heittomerkkeihin

255. Biotutkijoiden toimet tutkittiin - olivat aina levällään

256. Asuntomarkkinoiden paradoksi - huonosti rakennetut talot kallistuivat

257. Epäilty rattijuoppo puhalsi selvät lukemat

258. Pohjois-Korean jalkapallovalmentaja otti
tappiosta syyt niskoilleen

259. Sekaannuksen takia vaatetehtaalla jouduttiin
laskemaan housut

260. Hollywoodin ujo rakennusmestari seisoi
sanojensa takana

261. Tunturikiistan sovittelemiseen palkattiin
paljon lakimiehiä

262. Työtön murtovaras marssi suoraan
työmiesten pakeille

263. Ovitehtaan uusi maskotti Karmit-sammakko
oli pettymys

264. Viiniin tykästyneellä lääkärillä paljon
kotikäyntejä

265. Mies muutti maasta, kun mainoksessa luvattiin "Satasen säästö kuussa"

266. Elokuvafestareiden kaladokumentti oli pettymys - Made in Hong Kong

267. Rannikolle sijoittuva poliisisarja kertoi vankikarkurijahdista

268. Kosmetologin tuotteet kelpasivat pitkäkyntisille

269. Yksinvaltias jakoi kansalaistensa mielipiteet

270. Väsymykseen asti kirjoitusvirheitä löytäneen toimittajan teki mieli oikaista

271. Eräästä tosi-tv:stä närkästyttiin - kodinkone-myyjät esitettiin stereotyyppisinä

272. Itsetuhoinen lavatanssija oli parkettien partaveitsi

273. Lääkäri vietti syntymäpäiviään -
ei vastaanottoa

274. Innokas sisustussuunnittelija tykkäsi väristä

275. Rakennusmiehelle seinien eristysten
testaaminen oli läpihuutojuttu

276. Tieto elvytyksestä kulki suusta suuhun

277. Jalkapallon Valio-liigassa pelasi vain
maitonaamoja

278. Aihetta juhlaan - taksidermisti täytti vuosia

279. Huononäköinen valmentaja erotti silti
pelaajansa

280. Puusepäntehtaan kulttuuri-illassa elokuvat
esitettiin filmivanerilla

281. Häiriköivä matkailualan opiskelija heitettiin ulos turistiluokasta

282. Juomalauluja esittänyt leimattiin alkosolistiksi

283. Kukkula oli juhlatilaisuuksille mahdoton paikka - vietti syntymäpäiväjuhlia

284. Peruukkitehtaasta varastettiin hiuksia - ajoivat karvoja takaa

285. Ohjauskelvoton auto katsastuksesta läpi

286. Huippusuositut rakennekynnet vietiin käsistä

287. Likaisten haarniskakäsineiden puhdistaminen ei onnistunut - tekijä heitti hanskat tiskiin

288. Elinkauppias pelasi pokeria elimet panoksena - lopulta peli oli pelattu

289. Maahantuontiliigan punttisalilta löytyi laittomia stereoita

290. Turhautunut ohjelmapäällikkö hukutti katsojansa jätekanavaan

291. Dingo keikalla Australiassa, yleisössä paniikki

292. Joukkueen hyökkääjä avasi maalitilinsä paikallisessa rautakaupassa

293. Elintarvikeviranomaiset hylkäsivät yleisurhei-lukilpailuihin tarjolla olleen juoksevan hunajan

294. Tutkintovankeutta suorittanut päästettiin koevapauteen

295. Kloonitutkijat saivat aikaiseksi pelkkää sutta

296. Neurologi lähetettiin hermolomalle

297. Suomen Filmiteollisuuden epätoivoinen yritys tehdä suositusta Puupää-elokuvista ihmissusispin-off-sarja: Hukkapätkä ei menestynyt

298. Kirurgin käsittelystä mahalasku

299. Metsän omistaja teki rikosilmoituksen - rosvot kannoilla

300. Röntgenosastolla pohdittiin kielikuvia

301. Pukutehtaalla oli paljon ongelmia - lopulta palkattiin ratkoja

302. Laitonta hevoskauppaa tehnyt haastettiin turpakäräjille

303. Pankkisektorilla yritysvakoiluun erikoistuneet tahot kannattivat eurobondeja

304. Asiakkaat turhautuivat kauppiaan tarkkailuun - kyyläkauppa lopetti

305. Golfkisojen jatkojen juomakilpailun satoa: kaksi joi itsensä pöydän alle, kolme alle baarin

306. Suomalainen puunjalostusfirma ajautui 1980-luvulla vararikkoon sponsorisopimuksen takia - elokuvan Imperiumin vastaisku -käsikirjoitus luettiin liian myöhään

307. Painon pudotus oli Newtonin mieleen

308. Ilkivallantekijät suunnittelivat tekevänsä Munchin tauluun reiän - pidettiin läpihuutojuttuna

309. Setan juhlissa esiintyvän ulkomaalaisartistin keikkajulisteen teksti hämmensi: "Straight from the USA"

310. Kalastajaisä pyysi kouluun lähtevää poikaansa ottamaan evästä

311. Tutkijan mielestä löytämässään vanhassa vaatekappaleessa oli muinaistekstiä - myöhemmin käänsi takkinsa

312. Taitoluistelija tykkäsi pestä pyykkiä lyhytohjelmassa

313. Pohjavesitutkijat saivat tietonsa eri lähteistä

314. Hätäisellä GM-tutkijalla meni geenit väärään kurkkuun

315. Postitoimiston ruokalan keittiössä valmistettiin posteljooni-patee

316. Tiedemaailma sai uuden rohkean julkaisun - Higgsin bosonit

317. Yleensä rikospaikalle kutsutaan Sherlock, mutta hattuvarkauksissa Capslock ja rahavarkauksissa Numlock

318. Ranskalaisen taidekoulun pääsykokeiden taso oli kova - Monet hylättiin

319. Galaktisen pubitikkakisan vei taas Dart Vader

320. GM-lihanjalostamo tarjosi ribsienpidennystä

321. Uutisnälkään tarjottiin vanhaa lehtileikettä

322. Kirjapainon vanhentunutta tekniikkaa ei
pystytty peittelemään - sana levisi

323. Aloittelevan suutarin ammattitaito oli
lapsenkengissä

324. Menestyvällä talotehtaalla tuli rahaa
ovista ja ikkunoista

325. Työmaan ohi kävellyttä naista jäätiin
tuijottamaan monttu auki

326. Sarjakuvataiteilijat saivat kutsun aloittavan
kollegansa strippijuhliin

327. Ohjelmoitsijalla oli dualistinen näkemys -
näki ihmiset ykkösinä tai nollina

328. Laskentakilpailun hävinneellä ei ratkaisu-
hetkellä ollut mitään jakoa

329. Vankilasta karannut innokas saunoja ja
kalamies sai tehdä mitä halusi:
"Vihdoin vapaa"

330. Vapaaottelija keskittyi etukäteen

331. Patologien viihdeillassa pistettiin aivot
narikkaan

332. Kalastaja tykkäsi haista

333. Lentokapteeni otti ravintolassa kunnon nousut,
jotta saisi aamuksi kunnon laskun

334. Albert Einstein tatuoitavaksi - neron leimaus

335. Mykkien kokouksissa aiheet olivat kortilla

336. Sosiaalidarvinismiin viehtynyt taitava
ampumahiihtäjä ampui nollat

337. Kadonnut talotehtaan toimitusjohtaja oli
elementissään

338. Peltiseppien järjestämässä kevyen musiikin
illassa tunnelma äityi agressiiviseksi ja
tanssilattialla nähtiin useita POP-hittejä

339. Poliisit tekivät kotietsinnän huumediilerin
mökille - kovat olivat piipussa

340. Sisustuskaupassa asiakkaat olivat
jatkuvasti tapetilla

341. "Venäjällä on kauniita naisia, siispä lähettii
sinne Kuolaa"

342. Taikuri varasti elimiä silmänkääntötempulla

343. Eläindekkarissa siat vasikoivat

344. Kirjailijan kauniit tyttäret saivat perinnön -
koko tuotanto meni kuumille Kiville

345. Sekava lehti ei mennyt jakeluun

346. Kenkäkauppias veti ennen ravintolaan lähtöä
kunnon pohjalliset

347. Onnistunut keinohedelmöitys meni putkeen

348. Ikääntyneen miestähden esiintyminen ei kiin-
nostanut juoksutapahtumassa - Naisten
kymppi vaihtui naisten 4:ksi

349. Mistä tietää, että Chuck Norris kävi
kahvilassa? Kahvi tippui heti

350. Karavaanarin ja autoharrastajan ideointi
synnytti asuntokuplan

351. Lasitehtaalla epärehellinen työntekijä
puhalsi lasia

352. Ajoetäisyyksiä tuuminut matemaatikko
pisti kakkosen silmään

353. Humalainen yritti nauttia tikkarista -
nuolaisi ennen kuin tipahti

354. "Kirkos moni ei jaksanu laulaa:
viis veisasivat virsistä"

355. Hurmuriasentajalla paljon ikkunapokia

356. Viittomakielen opiskelijan kiroilu lähti käsistä

357. Hajaannuksesta kärsineet kiskoliikenne-
aktiivit katsoivat kuvia diasporassa

358. Levymessuille oli erehtynyt numerologi
seiskoineen

359. Setan viihdetapahtumassa taikurin avustaja
tuli kaapista

360. Lehdentekijän ongelmana hajataitto

361. Hollywoodin ykköslehdessä aloitti uusi arabia-
lainen juttusarja - Al-pakina

362. Kiinalaiset tykkäävät pukeutua mustiin

363. Remonttimies ahkeroi vuodasta toiseen

364. Vähemmistöjärjestö ja ranskalainen elokuvan
tekijä yhdistettiin ääkkösvirheen takia Seta ja
tati -dokumentissa

365. Yhdysvalloissa useita rautatieyhtiöitä
syytettiin hobofoobikoiksi

366. Muusikko tunnettiin myöhemmin tv-kasvona
Jussi 16:9:nä

367. Alkoholilain kansanäänestyksestä
neuvoa-antava

368. Herneyrittäjällä oli useita palkollisia

369. Viinaan menevä insinööri työskenteli
5 baarin paineessa

370. Usein NRA:n lavatanssit olivat pelkkää
hakuammuntaa

371. Vielä 1980-luvulla Etelä-Afrikan painotalot
olivat kuuluisia tarkasta värierottelustaan

372. Tiedostohaut paljastivat Kennelin tietomurron

373. Urea-lannoitetta levitettiin pellolle
pisuaarin verran

374. Nörttien suosikkibändi takavuosilta Excel5

375. Hylkeenpyytäjä halusi päästä helpolla -
nahkat saatiinkin halpahallista

376. Asiakas kutsuttiin katsastusaseman juhliin,
hänen escorttinsa sai peruutuspaikan

377. Eri kauneusihanteisiin keskittyvässä sisustus-
lehdessä julkaistiin kuukausittain mm.
jalkalistoja

378. Poliisien tietovisailussa parhaimmille jaettiin
vihjepalkkioita

379. Katsoimme tyttöystävän kanssa 80-luvun fan-
tasiaelokuvan. Hän ei pitänyt siitä, se oli
päättymätön narina

380. Lehdessä ollut perätön juttu putkifirmasta oli
WC-ankka

381. Heräsin yöllä omaan Huutooni,
se putosi lattialle

382. Dorothy sai sakot peltipoliisilta

383. Etelä-Afrikan ylpeä piispa jutteli vain Tutuille

384. Tiedotustilaisuus järjestettiin Pisan tornissa, näytettiin suorana

385. Löytämäni espanjalainen jänis leimautui minuun, olinhan hetken sen papana

386. Firman illanviettoon odotettiin myös iso-kenkäisiä, ja lopulta pellet saapuivat

387. Alanvaihtoa kokeillut vihanneskauppias palasi juurilleen

388. Postin henkilöstön vappujuhlassa kyllästyttiin artistiin, sillä postimies soittaa aina kahdesti

389. Asunnottomien majan saunassa oltiin puilla paljailla

390. Ruotsinlaivamatka koettiin epämiellyttäväksi - siellä oli nuuskia

391. Maailmantähti yllätti Kanta-Hämeessä -
"Jennifer Lopes"

392. Kuhan pyysin, totesi kalanpyytäjä

393. Pelimieskarateka murskasi sydämiä

394. Shakkiharrastaja kävi kuuntelemassa shakki
mestari David Levyn luentoa, ollen koko ajan
selkä luennoitsijaan päin. Mitään erityistä
viestiä hän ei kuullut, vaikka kuunteli Levyä
takaperin

395. Somalian niemimaalle sijoittunut Tähtien
Sota -elokuva Klaanien hyökkäys

396. Sikailevat leipurit heittivät vettä myllyyn

397. Väsynyt nuohooja oli piipussa

398. Kirjan oikolukija hoiti työt sivusilmällä

399. Valtaan päästyään Hitler eli omassa kuplassaan

400. Musiikkipiireissä uutta vuotta juhlittiin valamalla Turnerin tinaa

401. Vaaleissa tappion kärsinyt poistui tilaisuudesta vähin äänin

402. Koripalloilijat tykästyivät korituoleihin

403. Vaimo mietti mitä laittaisi illalla päälle. Mies ehdotti saunaa

404. Meteorologien väittelytilaisuudessa toinen osapuoli iski halolla

405. Länsi-Suomessa nähtiin 1980-luvulla elokuva Imperiumin Vihtaisku

406. Drive-in-teatterin näytökseen tarjottiin peruutuspaikkoja

407. Kesämökillä toimi riippumaton media

408. Kirjatoukkana tunnettu entinen SM-liiga-
pelaaja viihtyi divarissa

409. Yrittäjä siirsi toimintansa ulkomaille -
poliisi kaipaa havaintoja kauppiaan liikkeistä

410. Missi kärsi vaaleissa tappion,
menestyi tummissa

411. Kirurgin onnistui tehdä liikkuvassa
ambulanssissa ohitusleikkaus

412. Itäeurooppalaisen maan metsähakkuut
aiheuttivat boikotteja - Puola-puut eivät
menneet kaupaksi

413. Palkitulla kielikurssilla mietittiin miten
torilla tavataan

414. Huhtikuun ensimmäisenä haluan ajaa moottori-
pyörää. Aprilia!

415. Keppihevonen on lasten puujalka

416. Identiteettikriisissä vellonut salapoliisi
etsi itseään

417. Väsymyksestä kärsinyt haki apua -
heräsi unettomuuteen

418. Liian suuri ilmalaiva on ilmavaiva

419. Fleet Streetin Paholaisparturi -elokuva sai
Oscarin parhaasta leikkauksesta

420. Bill tykkäsi soitella saksofonia, mutta ruot
salaismediassa vuoden 2016 vaaleissa oli
esillä Trump & Clinton

421. Ministerin ura kaatui paljastettuihin Tukiaisiin

422. Norjalaiset yrittivät pärjätä PISA-koulututki-
muksessa kielletyillä aineilla

423. Verenvuodatusta pelkäävät odottavat kauhulla
joka kuukautista Wikileaks-vuotoa

424. Uutuuselokuvassa Matt Damon joutuu
mielenosoitukseen, jossa ei ole muita -
Yksin marssissa

425. Pitkämäki heitti MM-pronssia,
voittaja keihästä

426. Manikyristin virheet saivat asiakkaat
varpailleen

427. Epäonnistunut trilleri varastelevasta ilma-
pallokauppiaasta: Puhallettu 60 sekunnissa

428. Sijoituspiireissä Kouria syytettiin
kähminnästä

429. Mies osti samalla kertaa autoonsa peräkoukun sekä vedettävän herätyskellon

430. Rallikuski osallistui aina MM-osakilpailuihin vuoden ajoista riippumatta

431. Ensimmäistä työpäiväänsä jännittänyt kardeologi havaitsi töihin saapuessaan eteisvärinää

432. Pelti- ja huopafirmat perustivat etujaan ajamaan katto-organisaation

433. Tiukka puutarhuri ojensi kukkia

434. Mies tilasi lehdet kestotilauksena, odottaen yhä niitä

435. Vuoden kirjapettymys - Hiihtäjälegendan ura kuvina

436. KKK-jäsenen juhlissa soviteltiin valkolakkia

437. Sirkkelionnettomuudessa meni sormi suuhun

438. Lomakohteessa turisti jätti aamulla auringon-
varjonsa hotellille, sillä varjoon oli luvattu
+40 astetta

439. Levy-yhtiö laajensi biotekniikkaan fuusion
myötä: HEDE & EMI

440. Kubrickin tieteisklassikosta tehtiin
nuorisoversio - "Avaruusseukkailu 2001"
ei menestynyt

441. Puuseppien perheessä oli mainioita
ruokapöytäkeskusteluita

442. Saaristolaislasten varainhankintaretki päättyi
järkytykseen - majakassa ryöstettiin

443. Sodan hävinneellä Japanin keisarilla ei
ollut vaateita

444. Laihduttajien kuntopiirissä pohdittiin palaako rasva

445. Humalainen joulupukki tuli jakamaan lahjat sormet paketissa

446. Viemärifirma kärsi virtsankarkailusta

447. Vihdoinkin vaihdoin lakanat. Kaljaan

448. Epidemian alkaessa herpes oli kaikkien huulilla

449. Remonttitaitoinen sinkkumies otti illanviettoon mukaansa iskuporakoneensa

450. Vuorikiipeilijä lopetti huipulla

451. Renkaanvaihtokurssilla oppilaat saivat pitää tunkkinsa

452. Darth Vader oli sittenkin hyvä isä -
     lennätti Leiaa

453. Pokeriturnaukseen osallistunut saksalais-
     upseeri hylättiin, sillä häneltä löydettiin
     hihasta kaksi ässää

454. Radanrakennusfirma kärsi materiaalipulasta ja
     vahvoista työntekijöistä - ulkomailta tarvittiin
     kiskoja

455. Krematoriossa vainajaa muisteltiin suurella
     lämmöllä

456. Ryti oli istuva presidentti

457. Hyvännäköinen naprapaatti käänsi päitä
     vastaanotolla

458. Aikoinaan ranskalaiskaupungeissa giljotiini
     pystytettiin päälavalle

459. Taloudellisiin vaikeuksiin joutunut öljy-yhtiö katkaisi tappioputken

460. Poliisi pidätti epäillyn sekavassa tilassa. Poliisi toimitettiin hoitoon

461. Nyt on mukavampi nukkua, kun käänsin sängyn - olen pohjalla

462. Kilpailuhenkiset eläimet pelasivat kengurun pussiin

463. Sosiaaliseen mediaan keskittyvä lehti julkaisi harvakseltaan: Sometimes

464. Elefanttia eivät kaikki osanneet tulkita

465. Ransun kaverilla oli herkempi kausi, joten häntä kutsuttiin Emo-Elmeriksi

466. Transsi-valmentaja pyysi oppilaitansa tutustumaan uusiin tiloihin

467. Synonyymejä:
1) Lehtipuhallin = ääniharava
2) Rintanappi = nännilävistys
3) Tehovalvonta = energiajuomariippuvuuden seuraus
4) Virtapiikki = huumeneula
5) Naisten musiikkia = sheriffi

468. Suomalaisen rallikuskin ruotsalainen kartan-lukija tulkitsi nuotteja väärin, jolloin he ajoi-vat ojaan - käännös oli virheellinen

469. Saapasjalkakissasta näytettiin elokuvateatte-reissa leikattu versio

470. Työhönsä kyllästynyt autokorjaaja nosti vihdoin kytkimen

471. Vientiin tähtäävän puutarhurin esitteessä oli paljon käännöskukkasia

472. Samaani oli Lapissa hengen vaarassa

473. Kauppa laski hintoja - nyt lyhyemmätkin näkevät

474. Soitin työmaan vastaavalle mestarille - ei vastannut

475. Yleisurheilukilpailuissa jamaikalainen voitti 110 metrin aidat - toiseksi tullut portin

476. Eläinsaduissa ilkeä kenguru tuomittiin aina pomppulinnaan

477. Tsekissä podettiin Myyrä-kuumetta

478. Akateemikkojen liikennepuistossa kannus-tettiin "aja telmien" -filosofiaan

479. Saavuin iloisten ihmisten kotipaikkaan - aurinkokuntaan

480. Pirtun salakuljettajat perustivat
promillejengin

481. Kymppikerholaiset eivät ole mitään, kun sen
tekee kerran kuussa

482. Nainen pyysi minua kynttiläillalliselle -
onneksi ne olivat edes tuoksukynttilöitä

483. Kirja ei kiinnostanut somessakaan -
ihmiset tykkäsivät vain sivusta

484. Arkkitehdin suunnittelema joen ylittävä
silta romahti avajaisissa - ei päässyt siitä yli

485. Kone pääsi nousemaan kun lentopelkoiselle
annettiin pilottitakki

486. Olen käynyt pissalla pienestä pitäen

487. Tarkka-ampuja teki suunnitelmia pitkällä
tähtäimellä

488. Ydinvoimalan avajaisissa vieraat säteilivät

489. Astronomit katsovat menneisyyteen

490. Laulajatähden Suomen vierailun kumi-Anka-maskotti oli floppi

491. Epäonninen timpuri jätti oven väliin

492. Kamerayhdistyksen pikkujouluissa esiinty-vältä artistilta toivottiin "Polaroid"

493. Tamperelaisten hevosharrastajien yhdistys halusi kansainvälistyä - Tam-Pony keräsi huomiota

494. Kylän monitoimimies oli viljelijä ja kädentaitaja - spelttiseppä

495. Kovaa uhoa likaisessa räsypokkaillassa: "Nyt laitan kaiken likoon"

496. Ovitehdas lähti sponsoriksi rappuralliin

497. Hermostuneella laborantilla täyttyi mitta

498. Kokeellisen tutkimuksen laitoksella
kiisteltiin tutkimuskohteista - useat
äänestivät tyhjää

499. Rautatierakentajat juhlistivat vaihdevuosia

500. Autoelokuvan ennakoissa keskusteltiin
spoilereista

501. Astronautti ei jaksanut kunnolla tutustua
ohjenivaskaan - vilkaisi vain alusta

502. Kulttuuriväki raivostui hylkeenpyytäjille, kun
taidehalli lopetettiin

503. Automekaniikon työ sävähdytti - öljy kankaalle

504. Pesäpalloilija palkittiin hyvästä suorituksesta
- sai kopin

505. Vapaamielinen nainen kertoi ystävälleen
olevansa peliriippuvainen

506. Erektio-ongelmista kärsinyt matemaatikko
halusi kangistua kaavoihin

507. Lenkkipolulla säikyttiin - siinä oli
poplaritakkisella miehellä sormet pelissä

508. Aikuisviihdetuottaja pihinä:
elokuvasta riisuttu versio

509. Iines aina valitti akun kestosta

510. Uusi tosi-tv-ohjelma etsi siittiöiden
luovuttajia - "Huippumälli haussa"

511. Seksiaddikti vaati verovaroin tuettua
kunnallista hoitoa

512. Laukeamisongelmista kärsivä mies ajeli
tyhjillä kumeilla

513. SM-kisoissa koettiin kirvelevä takaisku

514. "Elä hetkessä".
Mielellään voisin kauemminkin...

515. Poliisilaitoksen putkissa ei ollut ikkunoita.
Eikä listoissa

516. Huumehörhöt tykkäsivät huvipuiston
kukkalaitteesta

517. Arkeologi löysi luun - oli vanhimmasta päästä

518. Lukiolaisten välisessä seksuaalikasvatus-
kilpailussa Eiran lukio selvisi finaaliin
puhtaalla pelillä

519. Siivouksen mestaruuskisoissa kerrossiivoojat
putsasivat palkintopöydän

520. Hurjastelija painoi kaasoa

521. Sinkkumies etsi naista Facebook-ilmoituk-
     sella, jonka loppuun kirjoitti: "Saa jakaa"

522. Loppuunmyynnissä ollut kauppa oli
     alennustilassa

523. Kaimafestivaalien odotetuin pari oli
     Smith ja Smurffi

524. Ruotsalaisjoukkue erotti valmentajansa,
     toisistaan

525. Juhannustaikaa: Jos juhannusyönä riisuutuu
     alasti ja suutelee seitsemää eri naista, voi
     nähdä itsensä #metoo-kampanjassa

526. Vuonna 1916 Zurichin taidenäyttelyssä taiteili-
     ja yllätti kutsuvieraat: "Da-Daa!"

527. Washroom = Pesusieni

528. Ratsiassa muusikko joutui epäilyksen alaiseksi häneltä löydetyn viritetyn pianon takia

529. Japanin ja Etelä-Korean rahaliiton romahduksesta kertoi elokuva Jenin paluu

530. Mies jätti menemättä jalkapallo-otteluun, sillä kaikki stadionin parkkipaikat olivat kiekkopaikkoja

531. Kirjoittelin nuorena runoja pöytälaatikkoon - äitini osti minulle paperia

1. - Kukaa lukenu Star Warsin kässäriä?
   - George lukas.

2. - Kuinka pitkään olit ostamatta huonekaluja, ja minkä sitten ostit?
   - Vuoteen.

3. - Miksi soitat tuolla hyvin huonosti ja todella hyvin?
   - Tämä on kontrastibasso.

4. - Mitä mieltä olet pitkistä työpäivistäsi ydin-voimalassa, puuhastelemassa jonkin kanssa?
   - Se on uraani.

5. - Olitko reissussa, ja nyt saunassa?
   - Vihdoin kotona.

6. Huonekalukaupassa:
   - Tässä meillä on jatkettava lastensänky
   - Eikö ole kokonaista?

7. - Miltä tämä näyttää sivusta?
   - Avataan kirja ja kysytään.

8. - Olet tervetullut juhliimme neljän jälkeen.
   - Miksen ensimmäisenä?

9. Kaksi puutarhayrittäjää juttusilla:
   - Hiekkalähetykseni hävisi!
   - Niin multakin.

10. Kameramies kuvaili yleisöä:
    - Siellä oli yksi hattupäinen,
      pari punatakkista…

11. Suomalainen Lauri häpesi Englannin vaihto-
    oppilasaikoina lempinimeään:
    - Sorry, I'm Late.

12. Nainen toiselle:
    - Löysitkö miehen, minkälainen on?
    - Löysin.

13. Nainen poikkesi kaupassa tullessaan Pirkko-
    ystävänsä luona. Myyjä tiedusteli:
    - Mitäs saisi olla?
    - Juotiin kahvit.

14. Miehellä oli rikkinäinen kuulolaite ja hän
    kysyi lääkäriltä:
    - Mitä mä teen tälle?
    - Korvaa se!

15. - Kuka tää räppäri on, kun tän ikäänkuin...
    - Aistii.

16. - Pyysitkö Tapsaakin?
    - Tapani mukaan.

17. - Kylmä täällä kannella. Mistä kaverin pitäs
    hakea villapaitansa, ja mitä te muuten teette?
    - Hytistään.

18. Eläkkeellä olevat urologit kävivät pelaamassa
    keskenään tennistä.
    - Katsoitko koskaan Boris Beckerin pelejä?
    - Hih.

19. Huomenta. Miten nukuit?
    - Vaaka-asennossa.

20. - Mitä Pertti ottaa hiusmallinäytökseen
    mukaansa vai tuleeko hän?
    - Peruukin.

21. - Olen saamaton monessakin suhteessa...
    - Voisit keskittyä yhteen suhteeseen.

22. - Näytät väsyneeltä.
    - Heräsin neljän viiden välistä...
    - Keiden?

23. - Voiks tän tahran ihan vetää puhtaaks, mitä
    tää on ja millä lähtee?
    - Voi, vedellä.

24. - Onko tässä kappaleessa tekijänoikeudet
    kunnossa?
    - Jaa-a, soita poliisille.

25. Mies korjasi autoaan tallissa ja vaimo tuli
    paikalle.
    - Toin kukan tänne... Mitäs siinä vaihdat?
    - Tulppaani.

26.   Geppetto esitteli ylpeänä kättensä jälkeä.
      - Tämä on minun puunaama.